臉上的太陽

〔漢法雙語詩集〕

〔法〕伊麗莎白——著
Elizabeth Guyon Spennato

悅讀伊麗莎白的詩
——《臉上的太陽》序

李魁賢（國家藝文獎得主、詩人）

　　伊麗莎白出生於法國南方地中海濱海城市，父親是法國人，母親長輩來自義大利南方的伊斯基亞島。所以她的母語是父母講的法語和外公外婆講的拿波里語；而外婆的媽媽是馬爾他人，所以她也有馬爾他的血統和祖籍。伊麗莎白在如此多族群多語言地方長大，自小培養多種語言的能力，加上成長過程中的興趣和努力，她擅長法語、拿波里語、義大利語、波斯語、英語、漢語、台語，我知道她還會阿爾及利亞的阿拉伯語，還有馬爾他語，我似乎看過她在臉書上，用德語回應朋友，真是罕見的語言才女。

　　記得在2021年4月間，《笠》詩刊執行編輯陳秀珍告訴我說，有外國詩人寫漢語詩投稿《笠》詩刊。《笠》詩刊自創刊以來，就努力不斷翻譯介紹世界各國詩人作品，從來就沒想到會有外國詩人直接用漢語寫詩投稿，這是近60年來第一遭，自是喜出望外。這位外國詩人就是兼具馬爾他和法國國籍的伊麗莎白，第一次投稿的詩就是發表在《笠》第343期（2021年6月）的〈真心〉：

錯過的夢
傷害了我
無情的人
不識愛戀
別為他漣漣
只要走遠
走遠

走過的路
沒有盡頭
路途漫漫
寂寞難免
圍繞我前邊
叫我走遠
走遠

真心尋找真愛
讓我知道
真愛何在
海角天涯
是否遇到他

真心尋找真愛

讓我知道

真愛何在

到底存不存在

迷惘的心

無法平靜

　　此詩描寫負心人離去，自己冷靜反思「真心」所在，行文平淡，並無情緒性的發洩反擊，或以無謂文字故作輕鬆，詩最後才表達「迷惘的心／無法平靜」的心情。特別引我注意的是，此詩使用疊字（漣漣、漫漫）、疊詞（去遠／去遠）和疊句（真心尋找真愛／讓我知道／真愛何在），表現心情的沉重，有不露表面的潛在技巧，反而對詩情的傳達，產生強化的渲染作用和效果。又，「漣漣」是哭泣貌，台語所說的「目水流、目水滴」，但詩不用「哭泣」，而使用「漣漣」，經過這樣一轉折，壓抑控制心情，不直接渲洩浪漫情緒。

　　《臉上的太陽》詩集中很多詩都在《笠》發表過，像〈我不是真的給你寫信〉刊載第344期（2021年8月）：

我不是真的給你寫信

我在找一些黑墨感覺

畫滿一張空白的夜
排除這憂鬱的滋味

破曉來臨我依舊在寫
紙張已吸收了我的血
留下一顆透明的心
這份愛你不能拒絕

表達感情也許不那麼難
但是那樣直接我不想，我不敢
但願你順便願意看
這封不寫給你的信

　　這是一首有趣的詩，相當幽默，對感情可謂欲迎還拒，
表現矜持的態度。既然明講「不是真的給你寫信」，其實還
是寫，真是可愛極啦。「畫滿一張空白的夜」是絕佳的隱
喻，本來應指「空白的紙張」，或許是紙短情長，不足以排
遣憂鬱，「紙張」轉換為「夜」，空間變成無限，表現整
夜寫不完的內心話。這些真心話又躊躇說是「不寫給你的
信」，似乎要嘛你就「順便願意看」，要不好像無所謂，其
實很在意，不想整夜白費心機。此詩正應《紅樓夢》小說中
的名句，「假作真時真亦假，無為有處有還無」。

〈臉上的太陽〉和〈簫〉刊載於《笠》第345期（2021年10月），其中〈臉上的太陽〉表現真心的純情：

彷彿我有點不理解
這個世界造成的虛偽
當這狂熱的心感到疲憊
天好黑

也許只有你真能了解
空虛生活給我的憂愁
當你送我這清爽的微笑
心在飛

在我的臉上誰畫了一個太陽
讓我感覺世界美
風來吹散所有傷悲
輕拂著我的嘴

愛情在我的心上掛了一些希望
你是否真的願意
陪伴我聽花朵呼吸
擁抱著好甜蜜

　　前兩段句型相似，心情卻有180度的反比，由「天好黑」的鬱悶不開朗，反轉成「心在飛」的歡喜暢快。後兩段句型也相似，心情則是並行加強快慰。於此可見，伊麗莎白在詩句運用上，常常講究異中求同，同中存異。一般所謂「臉上陽光燦爛」的抽象形容詞，伊麗莎白使用「臉上的太陽」具象表現，更具實在且新鮮感，而更畫龍點睛的是，「在我的臉上誰畫了一個太陽」，顯得意外驚喜。另，「愛情在我的心上掛了一些希望」，化對愛情主觀的追求，成為被動的承受，似有心想事成，得來全不費功夫的意外輕鬆。通常心情愉快，欣賞花美，連結「心花開」，是視覺上的串通，伊麗莎白使用「聽花朵呼吸」，轉換為聽覺的深透，另有一番情趣。

　　〈島嶼的紀念〉和〈幸福的秋葉〉發表在《笠》第346期（2021年12月），前者〈島嶼的紀念〉描寫：

　　　在櫃子上的
　　　玻璃小罐
　　　我放了
　　　兩滴海水
　　　一點沙
　　　和沃土
　　　還有一口在那邊

可呼吸的
新鮮空氣

這些紀念
是你寄過來的
為了讓我保留
島嶼在身邊
這樣不會忘記
我是誰

　　以故鄉島嶼的海水和沙，以及沃土和新鮮空氣，常相
左右，表達對故鄉風土的懷念，原來是「你」寄來，受惠於
「你」，在不知不覺中悄悄帶進與「你」相關，由「物」深
一層，進到「人」的連結，情思更加濃厚。雖然伊麗莎白是
在懷念伊斯基亞島，她心中的故鄉，但在我讀來也連帶有台
灣的影像在。後一首〈幸福的秋葉〉：

秋日來了　好時光
老天幫我化妝
又綠又紅又黃
未來會光芒萬丈

可愛的小樹葉
妳特別美

秋日來了　有希望
不會留在樹上
今日的風很狂
好神奇　我在飛翔

勇敢的小落葉
不想告別

　　有些兒歌或童詩般的輕鬆、活潑、愉快。時序入秋，樹葉轉成「又綠又紅又黃」的多彩，遇強風一吹，紛紛飛揚飄落，視覺意象特別鮮明。前半兩節和後半兩節的句型對稱，生命卻由盛而衰，經歷一個輪迴，而意志力並不稍減，依然旺盛。

　　綜觀伊麗莎白詩特質是簡短，抒情濃厚，意象明朗，語言精準，焦點集中，在明喻中常夾帶隱喻，讀來引人思索，餘味無窮。詩集中許多描寫台灣的詩，讓讀者感受到，伊麗莎白永遠與我們同在，因為台灣已經成為她的第二故鄉！

2023.12.06

目次

島嶼的紀念[1]

在櫃子上的
玻璃小罐
我放了
兩滴海水
一點沙
和沃土
還有一口在那邊
可呼吸的
新鮮空氣

這些紀念
是你寄過來的
為了讓我保留
島嶼在身邊
這樣不會忘記
我是誰

[1] 原文：拿波里語。

茶道

獨自一人在家
準備一壺
朋友從福爾摩莎
帶來的禮物

高山茶
翠綠的葉
泡在水中膨脹
如寶石燦爛

閉上眼睛
喝一口
就能看到
雲霧山峰

一座一座
在耳邊歡唱

部落的歌謠
心中無憂

每次吻別
還濕潤的茶葉
滿心感謝帶來
淋漓的舒暢

紐約摩天大樓

中東姑娘
頭髮火焰紅
紐約摩天大樓
總在她夢中
在浪漫的一天
遇到金髮碧眼
美國兒郎
君子給出諾言
送給她玫瑰花
一起飛向紐約
欣賞摩天大樓
在無情的一夜
君子動手
美麗的童話
成為惡夢
剩下的都是痛

找安慰

教堂的聖水盆
乾旱
人類的心
早已變色

教堂裡很安靜
除了一些聲音
老神父和兩位
正在聊天

他們的話題
我能聽到
卻聽不懂
因自己靈魂
已高飛

我在黑暗中
唸經
往最完美的臉看[1]
找一些安慰

---

[1] 指耶穌雕塑的臉。

海鷗

海鷗愛吃廢食
偶爾也愛偷
旅客的三明治

書店裡沒有任何書
提起這隻鳥
牠可能不夠貴族

大家隔離的時候
海鷗照亮我的生活
忘不了牠可愛的眼神
牠活潑的呼喚

我每次遇到海鷗
世界滿歡樂
將來真希望能夠
與海鷗打交道

媽媽的廚房

難過的時候
只要閉上眼睛就
回到媽媽的廚房

媽媽天天
給我們做好菜
經常也烤蛋糕

媽媽的廚房
又舒服又清香
煤氣爐總開
好溫暖

其實媽媽早已不在
廚房也屬於別的家
但一閉上眼睛
可回到她的懷裡

夢回美麗島

很久很久以前
抵達了桃園
發現這個地方
有自由的芳香

年輕的心
一下子
擁抱了
新的習俗
新的環境

橋下有人
在石頭上
刻我的名字
用紅色印泥
蓋章
感覺很爽

23

OH！啥咪攏不驚！
OH！向前走[1]

去工地做翻譯
頭上帶頭盔
歐洲工程師來
介紹新的空壓機
好多單詞不熟悉
可是我很努力

吃蚵仔麵線
喝木瓜牛奶
鳳梨酥是我
最喜歡的甜點

---

[1] 台語準確寫法：OH！啥物攏毋驚！／OH！向前行。

朋友們都很好客
坐義大利舊跑車
去屏東農場玩
早飯大家吃魚頭
晚上該睡木枕頭

欣賞了陽明山
三疊紀的綠樹[2]
和墾丁的白沙灘
OH！讓我回台灣[3]

---

[2] 昆欄樹。
[3] 台語準確寫法：OH！予我轉來台灣。

在男人的嘴裡[1]

在男人的嘴裡
「對不起」
這三個字
是最好聽

男女之間
有時候會
吵架
說不定也會
罵人

當男人認錯
他真對得起
女人的愛

---

[1] 在亞維儂劇場看完台灣優秀演出《彼此彼此》之後寫的。

一聽到
「對不起」
女人的心
馬上會踏實

太可惜的是
這樣的機會
並不多

幸福的秋葉

秋日來了　好時光
老天幫我化妝
又綠又紅又黃
未來會光芒萬丈

可愛的小樹葉
妳特別美

秋日來了　有希望
不會留在樹上
今日的風很狂
好神奇我在飛翔！

勇敢的小落葉
不想告別

於埃南德拜訪阿爾西德[1]

本來
這小鎮的居民
都養殖貽貝
從過去
剩下的痕跡
很少
房子都很現代
除了那個家

牆壁上
有關部門掛牌
通知旅客這是
優秀博物學家
的老房子

---

[1] 阿爾西德・道比尼是一名法國優秀的自然歷史學家。

還是要走向
大西洋邊
才能靠近他

夕陽金紅色
今晚的風景
像老梅綠石槽
不綠的時候

海水退潮時
鳥群來享受
深藍波浪
在沙灘
揭露的饗宴

北風開始吹
我感覺冷
該回小鎮

一隻野貓
從沙灘爬上來

這個時刻
海鮮多
鳥也多
小貓肯定吃得飽

沿路發現
在青青的田園
有一朵向日葵
孤單寂寞曬
漸漸衰弱的陽光

恥辱

怎麼能這樣過日子？
記憶力又短
又選擇性
像遙控器上的按鈕

大家看電視
今天烏克蘭傷亡
明天美國槍殺
而不再談論烏克蘭

各講各的廢話
在網上談論什麼？
這個總統像個
小丑
其實這位專制者
的確是個男人
主持人這麼說

至少我是這麼理解的

你呢，你怎麼看？

愛與和平
Peace and love

在一張泛黃的照片中
一個微笑　一些花朵
編織在新娘的頭髮裡
那時大家互相祝福
愛與和平

在收音機播出一首
永遠不變老的歌
彈著吉他
頭髮長長的她
唱出希望與和平

不喜歡花的人
踐踏它們，在一個
多少次被折磨過的國家
這片藍天和小麥的國土
只夢想愛與和平

Hanakessho[1]

那天離開延吉街
同學的爸爸媽媽
贈我大皮盒

盒子裡
優雅茶具
不像原來
見過的青瓷

寶貴禮物
隨我返回歐陸

後來搬家不斷
皮盒太大
算了不用它

---

[1] （京燒）花結晶。

可惜
茶壺碎了
幸虧青瓷
茶杯完好無缺

時間流逝
緣分滅了
愛一不在
自己也心碎

多年以後
偶爾看到
一隻花瓶
跟青瓷茶杯
歸屬同一類

日式風格叫
Hanakessho

意外解答謎語
是一大樂趣

美麗的茶杯
提升喝茶的心情

陽光

關燈
燈光讓我難受
開窗
要的話也開門
告訴我
你會不會更愛陽光

簫

嗦啦哚芮
我拉二胡
不用功的時候
老師打我的手
感覺很尷尬
啦嗦咪
嗦芮咪芮哚
放手！
後來
孤單一個人啦
感到寂寞
只會一首[1]
簡單的旋律
你是否願意
聽我的獨奏？

---

[1] 即〈紫竹調〉。

在台北過年

窗外風景很美
像陳進的畫

白天有象山
碧綠的森林
黑夜有101
頭頂上的燈光

在朋友的磨坊
過年
很特別

零點
大家吃蛋糕
喝香檳酒
碰杯互相祝福

倒數新年
煙火在天空
綻放神祕
彩色圖案
偶爾在烏雲中
露出

我們下樓
走進人群
開心地
迎接
兔年

在大安森林公園
找尋那群神奇
的香蕉樹

睡覺前吸收
樹發出的力量

大安森林公園

也許金色鸚鵡
愛大安的天空
而隨時來享受
公園的青草

也許老天的手
撫過這塊地
香蕉樹葉
更綠更豐裕

大學生
身穿畢業袍
躺在草地上
唱歌聊天
夢想未來

在森林漫步
也有你和我
曬曬冬天的太陽
收藏新月的祝福

龜山的呼喚

致宜蘭人立法院院長游錫堃與
老朋友沈志儒的媽媽

看了詩人的眼淚[1]
聽到龜山的呼喚
走向東北海
問自己
龜山
會不會露面

與好友攻上宜蘭
的頂端
金車伯朗咖啡
的磨坊
在濃霧中
望不到龜山

---

[1] 拜會立法院長游錫堃，他朗讀他有關龜山的詩而激動到讀不下去。

45

我用手撫摸

外澳

冬季的海水

還算暖

在遠方

迷惘的小船

隨波浪漂泊

在海灘上

螃蟹挖洞

往砂裡失蹤

夜晚睡得很沉

醒在五結的

水田中

與朋友們

吃家庭料理

稻香園的米
很香

回宜蘭
靠近海岸
霧散了
終於能看到
龜山輕輕地
撫慰詩人的心

在淡水漫步
──致台灣女詩人　陳秀珍

妳來了
捷運站門口
迎接我們

廣場裡
有一些人
隨著音樂
跳舞

我們在公園
給遙遠的朋友
朗讀聖誕節
的祝福

從金色水岸邊
可看到迷茫
的觀音山

一隻白鷺鷥
歇在舢舨上
享受今天
的細雨

到了社會大學
各種各樣的樹
和彩色的花朵
開心地生長

妳講課的教室
有古代的木窗
可愛如娃娃屋

淡水的詩意
連在冬季
到處發芽

台南的溫暖

夜裡
康樂街的小民宿
熱情的老闆娘
為我們奉上芭樂

外邊有個唐寅居
讓我們在台南
冬天的溫暖
放鬆

早上醒來
聽到戰鬥機
感覺耳熟
小時候
爸爸在海空軍

詩人朋友金順（Kim-sūn）
請我們吃梅子蔬食
清淡的美味
方老師來作伴
餐廳老闆來湊熱鬧

金順（Kim-sūn）也是運動員
他參加公益路跑
吃完飯帶我們
逛逛他〈幸福的所在〉

走南門路向孔廟
樹木花草不止
友愛街邊的天主堂
築得很東方

突然見一隻
剛出生的鳥
掉地上
本悄悄地把牠
放在安全的地方

林紅茶
的珍珠茶
真好飲

晚上欣賞
赤崁樓（Chhiah Khàm Lâu）
名勝古蹟
月亮下
紅白錦鯉
在水池裡
嬉戲

詩意的思路

網路建立了
我們的友誼

天天跟隨
詩人朋友們
等不了看
新鮮的寫作

最愛的自由鳥
請我們大家
在恬園聚餐
22年的聖誕絕對
不會忘記

在妳家和我家之間
我畫了一條人行道

我們要走的路重逢
沒有這邊
單調的灰色
卻像台灣
愉快的彩虹

在淡水金色水岸
與地中海之間
妳畫了詩意的思路
讓我們隨時分享
心中的夢想

SAKERO
——致莊國鑫台灣原住民舞蹈團

聽到部落的祈禱
飛向聖母
慈善的耳朵

今天回到
祭儀的精髓
族人感謝祖靈
一年的賜福

祖先
也祝福族人

看到舞者
黑色的服裝
就想起阿美族
豔色的衣服

身材的影子
在劇場牆上
如波浪飄泊

聽到部落的歌聲
慶祝豐收
腳底每次碰地
紀念一年
幸苦的勞動

手搖著篩子
重複性動作
竹竿連合起來
每一顆心

美麗的臉蛋
出許多汗
藍色燈光
給特殊的反射

咕嚕嚕
突然感覺
滿室水流

也許有竹筏
離開港口
或許是漁民
操作蝦網

黑夜裡的燈塔

最愛的人
幾乎都失蹤了
在風風雨雨中
家不停地
搬來搬去

我在城市
的森林裡
該留下一些
記號
以防迷失
方向

孤獨的夜晚
從八樓看窗外
黑暗的景色

他們說
要節約能源

幸虧今夜
有一家飯店
頭頂上敢開
它方形燈光

感覺
好像看燈塔
在烏雲中

一滴紫水晶

我出生時
爸爸從巴西
給妳帶來
這紫色寶石

記得那天
在教堂裡
參加我第一次
的聖餐禮
這透明吊墜
妳戴著

與家人一起
過節
或慶祝
誰的生日
這美麗

的首飾
妳也戴

失去了妳
也失去了家
剩下一滴
紫水晶

隨著生命的步伐
在南方的路途
前行陪伴我

南方的色彩

在普羅旺斯
向日葵陪伴薰衣草
知了！知了！
蟬
不停地求偶

法國國慶節
來臨
明天要
收割薰衣草

紫黃綠
旅客前來享受
瓦朗索勒鄉村
的顏料盤

把花瓣的汁
壓在白紙上
每次給我
不同驚喜

有些花穿深藍
裙子
紙上呈現
天藍

而且橙色
的石榴花瓣
流出很鮮豔
的粉紅血液
好神奇

新娘自白

今天的教堂
充滿陽光
我看了
耶穌溫柔的微笑
天地只剩下他
唯一的一個榜樣

其實
人類之間
還有一個男生

人家好高
他的手又瘦又長
他以前戴方形的眼鏡
有點像動畫片

他想讓我
一輩子幸福
結婚後他要我們
飛向美麗島
這樣的開始
不亦樂乎？

小女郎時期創作

我們一定會相逢

我的夢我的理想是你
可惜還不知你在哪裡
我會好好的尋找
請你要在路上留下好多記號

每天的禱告不停地念你
問自己愛到底可不可以
你會不會遇見我
將會不會愛上我
遠方的你請不要讓我空找

一二三　緣分在東方
望月亮　相逢在何方
不知你卻已深深愛戀
一二三　緣分在東方
望月亮　相逢在何方
夢中的你我深怕碰不見

一二三　夢見了你的臉
望月亮　我的心狂野
不知你卻已深深愛戀
一二三　夢見了你的臉
望月亮　我的心狂野
與你的心在愛的路上蹦跳

與你的心在愛的路上蹦跳

我們一定會相逢

可能還太早

如何對得起你的愛
為何心裡如此無奈
我的心中只有你
感覺越來越親密
有的卻無法給你

如何對得起你的愛

愛你愛情愛到瘋狂
表達感情卻不匆忙
你對我這麼好
給我那麼多

可能她太早

如何對得起你的愛
為何你說我這麼壞

日日夜夜想念你
夢裡已依順你
而我無法答應你

如何對得起你的愛

真心（華語）

錯過的夢
傷害了我
無情的人
不識愛戀
別為他漣漣
只要走遠
走遠

走過的路
沒有盡頭
路途漫漫
寂寞難免
圍繞我前邊
叫我走遠
走遠

真心尋找真愛
讓我知道
真愛何在
海角天涯
是否遇到他

真心尋找真愛
讓我知道
真愛何在
到底存不存在
迷惘的心
無法平靜

真心（台語）[1]

錯過的夢

傷害著我

無情的人

毋捌愛戀

莫為伊傷心

只要離開

離開

行過的路

攏無盡磅

路途茫茫

寂寞難免

一暝過一暝

叫我離開

離開

---

[1]　台語修正：陳金順（Tân Kim-sūn）。

真心來揣著真愛
予我知影
真愛何在
天邊海角
敢會拄著伊

真心來揣著真愛
予我知影
真愛何在
到底敢有存在
迷惘的心
袂當平靜

南方的語言

一滴淚　在我的臉上
流到我的唇
鹹鹹的味　像大海的水
回憶故鄉
外公釣魚
他唱的歌謠
動我的心
南方的語言
我也懂

一滴雨在你的臉上
流到你的唇
淡淡的味　像江河的水
你的故鄉
也那麼遙遠
你家的歌謠
進入我的夢

南方的語言
誰能懂？

愛的顏色

未來有愛的顏色
像我也像你
在這純藍的天空
勇悍的信鴿飛
向誰分享這幼稚的夢想

純潔的白鴿　芬馥的請帖

夜鶯來囀唱我們的歌
和風來連我們的長髮
未來有愛的顏色
像我也像你
在這純藍的天空
戰雲已遠離

心情

當天使的心情不好
我喝白雲的淚水
過去可能沒想到
雨有透明的味道

終於明了我是誰
收回你的珍珠與寶石
路邊的每一根綠草
比這些更重要　你也知道

跳出現實世界
尋我最原始的感覺
除了愛情什麼也不想擁有

跳出現實世界
在你的懷裡忘記所有
我的情結你是否能了解

雨

昨天的雨下了好大
在你的耳邊說了什麼話
受傷的你飛哪裡去
在你心裡都是雨

你透明的眼睛
望著荒涼的世界
這冰冷的陽光照在身上
凍僵你心中的淚水

讓我吹散你路上的灰塵
讓清風陪伴你呼吸
我不想看你漂流到無名的夜
受傷的你我不會放棄

約你在石澳

如果靠你太近
也許我不會認你
如果你太遙遠
我會不會挑一個差不多的人
差不多的愛　我不要

今夜約你在石澳
坐在海灘上
望著月亮　我會等你

夢裡你嘗過我的味道
我記得你的微笑
醒來後靈魂依然激動
像剛吃完生日蛋糕　嘴還甜甜
愛不飽的感覺我不要
夢裡已到了石澳
坐在海灘上　你我吻著月亮

吸一口愛

這顆心鎖到永遠
鑰匙丟在荒遠
對你說過的話
我不想改一句
太多感情讓人陶醉
把愛踩碎　無聲離去

如果你要回來
吸一口愛
這裡的風吹得最大
全世界的情話它都知道
如果你要回來
吸一口愛
這裡的路爽爽朗朗

路邊有花　路上有我　獨唱

不真告別

早已做過一些準備
有一天我會掉眼淚
卻還不真與你告別
難忘愛濃厚的感覺

誰站在你身邊
當這無情的冬季凍你的美
誰的真心不變
當你突然回頭找點安慰

誰能點燃陽光
當寂寞來圍繞你最黑暗的夜
但願你在遠方
偶爾想起我們也流眼淚

妳是否還願意給我梳辮子
——致心愛的外婆
Françoise Fiore Spennato

妳記得嗎　多少次
給這頑皮的女孩梳辮子
推著童車去公園
搖晃著懷裡的我　感到溫暖

妳記得嗎　多少次
我們從海灘回來的時候
像狼子一樣吃光妳所做的好菜

當妳來到我的夢裡
我知道妳要和我告別
思念真真的妳已經很久
但心裡明白妳無法再陪我
因為青年的情歌呼喚妳太久
讓順風送妳到遙遠的港口
妳心中的漁民等待永遠的擁抱

我會記得你們的歌
我忘不了南方的語言
可是心底留著一個問號
下輩子　妳是否還願意給我梳辮子

笑容

假如天上的星星有很多
妳會不會像太陽來愛我
幸福的淚水怎麼流了

假如妳是我溫柔的花朵
別這樣無情地離開我
辛酸的淚水怎麼流了

憂傷讓妳我神奇的傳說
慢慢隨清水漂泊
就讓風把妳的芳香帶走

但願有一天回到我身邊
感受明媚的星空
永遠永遠點燃我們的笑容

妳會不會像太陽來愛我
別這樣無情離開我
來點燃我們的笑容！

憂傷的快樂

讓我憂傷到最快樂
別來親我的心
憂傷是我今天的太陽
刺痛了我的心

誰說憂傷沒有快樂
如果真的難受就忘了所有
煩惱給我帶來新鮮的感覺
哭得真笑得也真

就算你懷疑我　也許我不怪你
就算你喜歡我　也許我不反對你
假如你真的願意來我的世界
我會讓你感覺憂傷的快樂

活著不能只為一張嘴

給了我的承諾　你真的無所謂
心中的愛不夠　不用那麼虛偽
樹上的葉落落　你也要自由　無根無蒂
該說的話不多　祝你一生好過　不送你走

我喝我的心傷如水
活著不能只為一張嘴
遠遠出風箏飛

我不想再為你喝醉
愛像個蝴蝶翱翔
活著不能只為一張嘴
遠遠出風箏飛

臉上的太陽

彷彿我有一點不理解
這個世界造成的虛偽
當這狂熱的心感到疲憊
天好黑

也許只有你真能了解
空虛生活給我的憂愁
當你送我這清爽的微笑
心在飛

在我的臉上誰畫了一個太陽
讓我感覺世界美
風來吹散所有傷悲
輕拂著我的嘴

愛情在我的心上掛了一些希望
你是否真的願意

陪伴我聽花朵呼吸
擁抱著好甜蜜

白日夢

妳美麗的臉悄悄露現在我的眼前
想念妳的心等不了明天
希望清風能陪我度過這無眠的夜
給我新鮮的幻想

也許妳也會靠近我的心
感覺我的感覺
但願妳慢慢猜透我的情
進入這白日夢

妳溫柔的唇吹著諾言在我的耳邊
想念我的心永不會改變
幼稚的風從遠方也帶來妳的芳香
讓我聞到妳的美

我的心從來不化妝

你的笑若依然那麼真
我的眼裡閃閃火花
你的話若說得太大聲
我的心讓淚水流下

有時候活得太瀟灑
有時候想得太複雜
但是虛偽的表情留給虛偽的人
每天好好學習怎麼當一個女人

我的心從來不化妝
心中的花最紅最香
哪怕我無心地撒謊
其實你都已經原諒

我的情從來不假裝
心中的話都跟你講

93

哪怕我無心地撒謊
其實你都已經原諒

重愛妳

原來的我對妳的要求很多
不太懂理解
分手以後也走過天涯海角
找一些安慰

重愛妳一遍彌補從前
鍾愛妳一生的承諾
讓過去的淚
帶來新的感覺

回到最原始的狂野
記得與妳相愛最初滋味
丟掉沒有妳的一切
享受一千零一夜

路邊的野花

都市太陽不夠亮
誰的笑容還自然
找不到理想　怎麼辦

時間過得太匆忙
我的世界已缺氧
明天我動身去流浪

遙遠的地方
美麗的夢想
溫柔的陽光　照在我心上

走向無名的王國
穿越綠洲和沙漠
感覺北極的天空有多遼闊

發現我一無所有
卻沒有任何擔憂
路邊的野花瀟灑來迎接我

牛仔褲

依然走向一場遙遠的夢
瀟灑的我獨自流浪
隨著大自然的芳香
陪伴清風吹皺海洋

尋找一塊不掉色的天空
一片綠洲一線陽光
擁擠街道　都市瘋狂
一切煩惱丟在路上

享受露水沾臉的感覺
終於發現這個世界美
太陽抬頭照亮一條路
跟著我和我的牛仔褲

永遠的朋友

你給我送的牡丹
芳香永遠不會分散
你的笑容也依然來照亮每一天
知心朋友到永遠

當我遇到了困難
身邊有了你陪伴
雖然我們也得分開
但每個再見
是個真心的諾言

告訴我什麼是友誼
它像不像愛情
有時候我分不清
是哪一種感情
為何那麼深
它的名字叫緣分

朋友在我家裡
我會為你保留
一塊蛋糕一杯酒
友誼也知天長地久
不管在何處
我們屬於這地球

新潮電影

愛你像看新潮的電影
越看越不懂你的心情
一遍藍天一遍雨和雷電
我可愛的表情你從不發現

終於出現一條新的路途
若你不陪我走　誰會哭
再來一部浪漫片子恢復　我的感覺

太陽出來　我離開　你一切　的虛偽
海風吹　淺藍的水　海鷗飛
我不需要　你的安慰　你的淚
無所謂　我想飛　我想飛

我心中的綠洲

見了你美麗的臉終於發現
我心中的綠洲
你和我自己擁有甜蜜世界
比夢鄉還遼闊

呼吸到愛的神祕真心陶醉
爬在樹上曬曬月亮
但願你依然願意跟我逃避
飛向新的宇宙

我的愛情不試天涯
風的旋律吹過海角
輕唱最浪漫的歌謠
吹亂你芬芳的頭髮

我不是真的給你寫信

我不是真的給你寫信
我在找一些黑墨感覺
畫滿一張空白的夜
排除這憂鬱的滋味

破曉來臨我依然在寫
紙張已吸收了我的血
留下一顆透明的心
這份愛你不能拒絕

表達感情也許不那麼難
但是那樣直接我不想，我不敢
但願你順便願意看
這封不寫給你的信

Un soleil sur le visage

Elizabeth Guyon Spennato
Texte original en chinois mandarin
adaptation en français par l'auteur

Préface

Une réjouissante lecture des poèmes d'Elizabeth Guyon
Spennato

par LEE Kuei-shien
— «Un soleil sur le visage»

Elizabeth est née dans une ville du sud de la France, près de la Méditerranée. Son père est français et la famille de sa mère est originaire de l'île d'Ischia, dans le sud de l'Italie. Par conséquent, sa langue maternelle est le français, parlé par ses parents, et le napolitain, parlé par ses grands-parents. La mère de sa grand-mère est maltaise, elle a donc aussi des ancêtres maltais. Elizabeth a ainsi grandi dans une famille aux origines et aux langues différentes. Depuis l'enfance, elle a développé des dons linguistiques en plus d'une passion certaine pour les langues et d'une grande force de travail grâce auxquels elle maîtrise le français, le napolitain, l'italien, le persan, l'anglais, le chinois et le taïwanais. Je sais qu'elle a également des connaissances en arabe algérien et en maltais. Sur Facebook, il me semble aussi l'avoir vue répondre à des amis en allemand. Elle est vraiment un génie des langues.

Je me souviens qu'en avril 2021, CHEN Hsiu-chen, rédactrice en chef du magazine de poésie « Li Poetry », m'a dit qu'un poète étranger qui écrit des poèmes en chinois en avait proposé à la revue. Depuis sa création, le magazine « Li Poetry» fournit un effort considérable pour traduire et présenter en continu les œuvres de poètes du monde entier. Je ne m'attendais pas à ce qu'un poète étranger écrive directement des poèmes en chinois et soumette une contribution à la revue. C'est la première fois en presque 60 ans et j'en suis ravi. Ce poète étranger qui a la double nationalité franco-maltaise, c'est Élizabeth Guyon Spennato. «Cœur pur», le premier poème qu'elle a envoyé, a été publié dans le numéro 343 de « Li Poetry » (juin 2021) :

Cœur pur

Les rêves brisés

M'ont blessée

Les gens sans cœur

Ne tombent pas amoureux

Pas de pleurs pour eux

Juste partir loin

Loin

La route parcourue

N'arrive nulle part

Un voyage sans fin

Une solitude inévitable

M'enveloppe tout entière

Me fait partir loin

Loin

Cœur pur cherche amour véritable

Dites-moi

Où il est l'amour véritable

Est-ce que je le rencontrerai

Aux confins de la mer et du ciel

Cœur pur cherche amour véritable

Dites-moi

Où il est l'amour véritable

Est-ce qu'au moins il existe

Ce cœur troublé

Ne peut pas trouver la paix

Ce poème décrit le départ d'une personne ingrate qui a trahi son amour. Elle revient sur cela avec calme. L'écriture est simple, sans catharsis ni réaction offensive, ni usage de mots creux qui pourraient donner une impression « détendue ». Ce n'est qu'à la fin du poème qu'elle exprime ses émotions « Ce cœur troublé/Ne peut pas trouver la paix ».

Ce qui a particulièrement retenu mon attention, c'est que ce poème utilise la répétition* de caractères (*lianlian*[1] *manman**), de mots (partir loin/partir loin) et de phrases (Cœur pur cherche amour véritable/ Dites-moi où il est l'amour véritable), qui exprime le poids émotionnel. Les apparences ne révèlent rien, et la transmission du sentiment poétique en est au contraire renforcée. De plus, « *lianlian* » décrit une façon de pleurer, ce qui en taïwanais serait « les yeux qui coulent, les yeux qui dégoulinent ». Le poème n'utilise pas « pleurer » mais le terme « *lianlian** ».

Il y a une retenue, et le sentiment romantique n'est pas directement dit.

De nombreux poèmes du recueil « Un soleil sur le visage » ont été publiés dans « Li Poetry », comme « Je ne suis pas en train de t'écrire », publié dans le numéro 344 (août 2021) :

---

[1] cf version originale en chinois.

Je ne suis pas en train de t'écrire

Ce n'est pas une lettre, cette histoire

Juste un sentiment à l'encre noire

Le papier, je le noircis

Pour effacer ma mélancolie

L'aube arrive et toujours j'écris

Sur le papier coule mon sang

Mon cœur est devenu transparent

De toi il se languit

Ce n'est peut-être pas difficile à dire

Mais comme ça non, je ne peux pas

Si seulement un jour tu savais que moi,

Je ne suis pas en train de t'écrire

C'est un poème savoureux, plein d'esprit, dont on peut dire qu'il montre une attitude réservée et des sentiments qui se laissent désirer. Même s'il est dit « je ne suis pas en train de t'écrire », la personne écrit quand même, c'est vraiment charmant. « *Noircir une nuit blanche*[2] »

---

[2] cf version originale en chinois.

est une excellente métaphore qui à l'origine devait faire référence à la « *page blanche* ». La feuille de papier est courte et l'amour est long* (c'est-à-dire, un simple bout de papier est bien trop court pour pouvoir y exprimer la profondeur des sentiments). Et cela ne suffit pas pour évacuer sa mélancolie. Le mot « *feuille de papier* » a été remplacé par l'homonyme chinois « *nuit* » *, et l'espace est devenu infini. Exprimant qu'en une nuit on ne peut écrire tout ce qu'on a dans le cœur. L'auteur hésite avec « *Cette lettre n'est pas écrite pour toi* », tout en ajoutant « *Par la même occasion, tu pourrais la lire* » *. On dirait qu'elle n'y attache pas d'importance alors qu'en fait, elle s'en soucie beaucoup, et ne veut pas passer toute sa nuit à écrire pour rien. Ce poème fait penser à la célèbre phrase du roman "Le Rêve dans le pavillon rouge" : " *Quand on tient le faux pour vrai, le vrai à son tour est faux ; où du néant on fait l'être, l'être est encore du néant*".

"Un Soleil sur le Visage" et "Hsiao" ont été publiés dans le numéro 345 de "Li Poetry" (octobre 2021).

"Un Soleil sur le Visage" exprime une spontanéité ingénue :

Un soleil sur le visage

On dirait que je n'admets pas
l'hypocrisie de ce monde

Quand ce cœur ardent se sent épuis
le ciel devient très sombre

Peut-être que toi seul comprends
mon angoisse devant cette vie futile
Quand tu m'offres ce sourire si frais
mon cœur s'envole

Sur mon visage qui a peint un soleil
et du monde me fait voir les merveilles ?
Le vent vient disperser toutes les tristesses
Doucement il caresse mes lèvres

L'amour sur mon cœur a accroché un espoir
Est-ce que tu veux vraiment
écouter avec moi le souffle des fleurs
Enlacés, tendrement

Les deux premiers groupes de vers sont écrits sur un même mode, mais les états d'âme changent totalement de l'un à l'autre, de la morosité de « *Le ciel devient si sombre* » à la joie de « *Mon cœur s'envole* ». Les deux derniers groupes de vers sont également écrits sur un mode similaire et le sentiment de plaisir s'accroît. On peut voir ici que dans sa façon de composer des vers, Elizabeth recherche souvent des similitudes dans la différence et des différences dans la similitude. Sans utiliser de qualificatif abstrait, elle parle d' « *Un soleil sur le visage* », ce qui est plus réaliste et plus frais. Et « *Sur mon visage qui a peint un soleil* », apparaît comme une surprise inattendue. De plus, « *L'amour sur mon cœur a accroché un espoir* », change la poursuite subjective de l'amour en une acceptation passive. Comme quand les rêves deviennent réalité, un bien-être est obtenu sans effort. Généralement de bonne humeur, appréciant la beauté des fleurs, Elizabeth crée un lien visuel avec « *les fleurs qui s'épanouissent dans le cœur* » et en utilisant « *écouter la respiration des fleurs* », on entre dans l'écoute subtile, ce qui ajoute un autre charme.

« Souvenirs insulaires » et « Bonheurs d'une feuille d'automne » ont été publiés dans le 346e numéro de "Li" (décembre 2021).

Commençons par « Souvenirs insulaires » où l'eau de mer et le sable, le sol fertile et l'air pur de l'île natale sont présents pour exprimer la nostalgie du pays ancestral :

Souvenirs insulaires
Sur le buffet
Dans de petits pots de verre
J'ai mis

Deux gouttes de mer

Un peu de sable

Une terre généreuse et

un bol d'air pur

qu'on respire là-bas.

Ces souvenirs

Tu me les as envoyés

Pour garder notre île

Toujours tout près de moi

Pour ne pas oublier

Qui je suis

Au départ ces bonnes choses c'est "toi" qui les as envoyées, et la relation à ce « toi » est discrètement amenée. D'un rapport profond aux « choses » on entre dans un lien « humain », et le degré d'émotion en devient plus intense. Bien qu'Elizabeth décrive sa nostalgie de l'île d'Ischia, son pays natal de cœur, dans ma lecture j'y associe également des images de Taïwan.

Le poème suivant, « Bonheurs d'une feuille d'automne » a le côté apaisant, plein d'entrain et joyeux des comptines ou des poèmes pour enfants :

Bonheurs d'une feuille d'automne

Voilà l'automne   Moment heureux
Le Ciel m'a maquillée
De vert de rouge de jaune
L'avenir s'annonce radieux

Gentille petite feuille d'arbre
Tu es si belle

Voilà l'automne   Et j'ai l'espoir
De ne pas rester sur cet arbre
Aujourd'hui le vent souffle fort
C'est un miracle   Je vole !

La brave petite feuille morte
Ne veut pas dire adieu

À l'approche de l'automne, la couleur des feuilles des arbres se change en « *vert, rouge et jaune* ». Et lorsque le vent souffle fort, elles tombent l'une après l'autre en un spectacle visuel particulièrement gracieux. Les vers des strophes de la première et de la seconde moitié présentent une structure symétrique. Mais de l'une à l'autre la vie va de la vigueur au déclin, passant par l'expérience de la réincarnation. La volonté reste éclatante et ne faiblit pas.

La poésie d'Elizabeth est caractérisée par la concision, un lyrisme intense, une imagerie claire et un langage précis. Les métaphores utilisées amènent à la réflexion.

La lecture en laisse un impression exquise dont la fragrance dure longtemps.

Dans ce recueil, de nombreux poèmes où il est question de Taïwan permettent aux lecteurs de sentir qu'Elizabeth sera toujours avec nous, car Taïwan est devenue son deuxième pays natal !

Le 6 décembre 2023

Un soleil sur le visage

Sélection de poèmes originaux en mandarin

SOMMAIRE

Écrit quand j'étais jeune fille…／小女郎時期創作

Un soleil sur le visage

Sélection de poèmes originaux en mandarin

Souvenirs insulaires[1]

Sur le buffet

Dans de petits pots de verre

J'ai mis

Deux gouttes de mer

Un peu de sable

Une terre généreuse et

un bol d'air pur

qu'on respire là-bas.

Ces souvenirs

Tu me les as envoyés

Pour garder notre île

Toujours tout près de moi

Pour ne pas oublier

Qui je suis

---

[1] Version originale en napolitain.

La voie du thé

Seule à la maison

je prépare une théière

du cadeau qu'un ami

de Formose m'a apporté

Les feuilles vert jade

de thé des hautes montagnes

gonflent dans l'eau et

comme des bijoux elles brillent

Les yeux fermés

je bois une gorgée

et peux ainsi voir

la brume sur les sommets

qui un par un

chantent à mon oreille

un chant tribal

Mon cœur est apaisé

À chaque adieu aux feuilles de thé

encore humides

je les remercie du bien-être

intense qu'elles m'ont donné

Les gratte-ciel de New York

Fille du Moyen-Orient

Aux cheveux rouge flamboyant,

Les gratte-ciel de New York

Sont dans tous ses rêves.

Dans un jour romantique

Elle rencontre un garçon américain

Blond aux yeux bleus.

Le gentleman lui fait des promesses

Lui offre des roses.

Ils s'envolent ensemble vers New York

Pour admirer les gratte-ciel.

Dans une nuit cruelle

Le gentleman se fait brutal.

Le beau conte de fées

Devient un cauchemar,

Il ne reste que douleur

Un peu de réconfort

Les bénitiers des églises
se sont asséchés
Voilà longtemps que le cœur
des humains a changé de couleur

Dans l'église tout est calme
Mis à part quelques voix
Le vieux curé bavarde
avec un couple

Leur conversation
Je peux l'entendre
mais pas la comprendre
parce que mon âme
au loin s'est déjà envolée

Dans l'obscurité

je dis un chapelet les yeux levés

vers le Visage le plus parfait

à la recherche d'un peu de réconfort

Les goëlands

Les goëlands aiment manger les rebuts

Parfois ils aiment aussi voler

Les sandwichs des touristes

Dans les librairies aucun livre

Ne mentionne cet oiseau

Il n'est peut-être pas assez noble

Quand tout le monde était confiné

Les goëlands ont illuminé ma vie

Je n'oublierai jamais leurs yeux mignons

Et leur cri plein d'entrain

chaque fois que je rencontre un goëland

le monde s'emplit de joie

J'espère vraiment pouvoir un jour

Communiquer avec eux

La cuisine de maman

Quand je suis triste
Il suffit de fermer les yeux
Pour retourner dans la cuisine de maman

Tous les jours maman
Nous prépare de bons plats
Et des gâteaux aussi

La cuisine de maman
Est confortable et parfumée
La cuisinière à gaz reste toujours allumée
Il y fait tellement bon

Depuis longtemps maman n'est plus ici-bas
La cuisine appartient à une autre famille
Mais dès que je ferme les yeux
Je peux retourner dans ses bras

En rêve je retourne à l'Île Merveilleuse

Il y a très longtemps

En arrivant à Taoyuan

J'ai trouvé en cet endroit

Un parfum de liberté

Ce jeune cœur

A soudain

Étreint

De nouvelles mœurs

Un nouveau milieu

Sous un pont, quelqu'un

A gravé mon nom

Sur une pierre

Ce tampon

À l'encre rouge

J'ai trouvé ça du tonnerre

Oh ! Je n'ai peur de rien !

Oh ! J'avance droit devant[1]

Je suis allée sur un chantier, traduire

Avec un casque de protection sur la tête

Un ingénieur européen venait

Présenter un nouveau compresseur

Tellement de mots m'étaient inconnus

Mais j'ai fait de mon mieux

J'ai mangé des vermicelles aux huîtres

Bu du lait à la papaye

Le gâteau sablé à l'ananas est

Mon dessert préféré

---

[1] Oh ! Je n'ai peur de rien ! / Oh ! J'avance droit devant : extrait de la première chanson pop en langue taïwanaise (LIM Giong, 1990).

Les amis sont tous très accueillants

Dans une vieille voiture de sport italienne

On a voyagé vers une ferme de Pingtung

Au petit-déjeuner, tous mangent des têtes de poisson

La nuit, on dort sur un oreiller en bois

J'ai tant aimé Yangmingshan

Ses arbres verts préhistoriques

Et la plage de sable blanc de Kenting

OH ! Faites-moi retourner à Taïwan

Dans la bouche d'un homme[1]

Dans la bouche d'un homme

Le mot

"Pardon"

a le plus beau des sons

entre hommes et femmes

parfois

il y a des querelles

Peut-être même

Des insultes

quand un homme reconnaît ses torts

il mérite vraiment

l'amour d'une femme

---

[1] Écrit après avoir vu l'excellente performance taïwanaise "Duo" au théâtre d'Avignon, France.

dès qu'il entend

"Pardon"

Le cœur d'une femme

Est aussitôt en paix

Quel dommage

Qu'une telle opportunité

Se présente si peu

Bonheurs d'une feuille d'automne

Voilà l'automne   Moment heureux

Le Ciel m'a maquillée

De vert de rouge de jaune

L'avenir s'annonce radieux

Gentille petite feuille d'arbre

Tu es si belle

Voilà l'automne Et J'ai l'espoir

De ne pas rester sur cet arbre

Aujourd'hui le vent souffle fort

C'est un miracle   Je vole !

La brave petite feuille morte

Ne veut pas dire adieu

Esnandes, Visite à Alcide[1]

Au début

Les habitants de ce bourg

vivaient de mytiliculture

Du passé

Il reste bien peu

de traces

Les logements sentent le neuf

Mis à part cette maison

Au mur de l'entrée

les services concernés

ont accroché un écriteau

pour informer les touristes qu'ici

vivaient d'illustres naturalistes

---

[1] Alcide d'Orbigny, naturaliste français (1802-1857).

Allons plutôt vers

l'océan

nous rapprocher de lui

Le couchant est d'un rouge doré

Ce soir le paysage ressemble

aux récifs verts de Laomei[1]

Quand ils ne sont pas verts

La mer se retire

Des nuées d'oiseaux viennent

Profiter du festin que les vagues

bleu marine

ont laissé sur la plage

---

[1] Récifs verts de Laomei : site rocheux remarquable au nord de Tamsui (Taipei,
Taïwan).

Le vent du nord se met à souffler

J'ai froid

Il faut rentrer au bourg

Un chat sauvage remonte

de la plage

À cet instant il y a tant

de fruits de mer

et tant d'oiseaux

Le chat doit être rassasié

En chemin apparaît

Dans un champ verdoyant

Un tournesol esseulé

prenant le soleil

qui s'éteint peu à peu

Honte

Comment on fait pour vivre

Avec la mémoire courte

Sélective

Comme les boutons d'une télécommande

On regarde la télé

Un jour, on meurt en Ukraine

Et l'autre, on flingue en Amérique

Et d'Ukraine on ne parle plus

Chacun a son mot à dire

Et sur les réseaux sociaux on parle de quoi ?

Ce président est un peu

Guignol

Alors que ce dictateur

C'est vraiment un homme

Regarde, le présentateur

il l'a dit

Du moins c'est ce que j'ai compris

Et toi, tu en penses quoi ?

Peace and love

Sur une photo jaunie

Un sourire et des fleurs tressées

dans les cheveux de la mariée

Souvenir d'un temps où on souhaitait

Amour et paix

À la radio passe cette chanson

Qui n'a pas vieilli

La guitare à la main

et le cheveux long

Elle chante l'espoir et la paix

Eux ils n'aiment pas les fleurs

Ils les piétinent, dans un pays

tant de fois déjà meurtri

Une terre d'azur et de blé

Qui rêve d'amour et de paix

Hanakessho[1]

Ce jour-là quand j'ai quitté la rue Yen-chi
les parents de ma camarade de classe
m'ont offert une grande boîte en cuir

Dans la boîte
un élégant service à thé
dont le céladon ne ressemblait pas
à ce que j'avais vu par le passé

Ce cadeau précieux
a suivi mon retour en Europe

Ensuite, je n'ai cessé de déménager
La boîte en cuir était trop grande
Tant pis, je m'en suis séparée

---

[1] Hanakessho : fleur en cristal (poterie de Kyoto).

143

Dommage

La théière s'est cassée

Par chance les tasses céladon

Sont restées intactes

Le temps s'est écoulé

Fin de l'affinité prédestinée

Dès que l'amour a disparu

mon cœur s'est brisé

Après plusieurs années

Par hasard j'ai vu

un vase

de même type

que mes tasses à thé céladon

Ce style japonais se nomme
Hanakessho

Résoudre une énigme par hasard
est très savoureux

De belles tasse à thé améliorent
l'humeur de celui qui le boit

Le soleil

Éteins la lumière

Ces maudites lumières toujours allumées

Ouvre les fenêtres

Et aussi la porte si ça te plait

Dis-moi

Si tu ne préfères pas le soleil

Hsiao[1]

Sol la do ré

Je joue du erhu[2]

Quand je ne m'applique pas

La prof me tape sur les doigts

Quel embarras !

La sol mi

Sol ré mi ré do

Bas les pattes !

Par la suite

me voici qui joue toute seule

Je me sens abandonnée

Ne connais qu'un seul morceau

Une mélodie simple

Tu veux bien

écouter mon solo ?

---

[1] hsiao : flûte traditionnelle chinoise en bambou. Nom d'un célèbre air de musique joué au erhu.

[2] erhu : instrument de musique traditionnel chinois à cordes.

Réveillon du Nouvel An à Taipei

Le paysage à la fenêtre est magnifique

On dirait une peinture de Chen Chin

Le jour il y a la forêt vert jade

Du Mont Eléphant

La nuit on voit les lumières

Au sommet de la Tour 101

Réveillonner

Au moulin de notre ami

Est très particulier

À minuit

On mange du gâteau

Et on boit du champagne

Les verres s'entrechoquent

Vœux de bonheur

À l'heure du compte à rebours
Dans le ciel des feux d'artifice
Fleurissent mystérieusement
Parfois dans la brume
Apparaissent
Des motifs colorés

Descendre
Nous joindre à la foule
Qui dans la joie
Accueille
L'année du Lapin

Au parc forestier de Daan
Rechercher
Le bosquet de bananiers magiques

Et avant d'aller dormir

S'imprégner de l'énergie des arbres

Le Parc forestier de Daan

Peut-être que les perroquets dorés
aiment le ciel de Daan
À tout moment ils viennent profiter
de l'herbe sinople du parc

Peut-être que la main de Dieu
a caressé ce bout de terre
Les feuilles des bananiers
y sont plus vertes et généreuses

Les étudiants
allongés sur la pelouse
en costume de remise des diplômes
Chantent ou discutent
Rêvant leur avenir

Au parc forestier parmi les flâneurs

il y a aussi toi et moi

qui prenons le soleil d'hiver en recevant

les bénédictions de la Nouvelle Lune

L'appel de Guishan

à You Si-kun, Président du Parlement de Taïwan

et à la mère de mon ami Laurent Shen

- tous deux originaires de Yilan -

J'ai vu les larmes du poète[1]

Et entendu l'appel de Guishan

En route pour la côte nord-est

Je me suis demandé

Si Guishan

Allait se montrer

Avec mon bon ami nous partons

Vers les hauteurs d'Yilan

Au moulin

---

[1] Quand j'ai rencontré You Si-kun au Parlement de Taïwan, il a commencé à lire son poème sur Guishan et était tellement ému qu'il n'a pu continuer.

Du Brown Café

Dans le brouillard

On ne peut pas voir Guishan

De la main je caresse

L'eau de mer à Waiao

En hiver elle reste assez chaude

Au loin

Un bateau perdu

Dérive avec les vagues

Sur la plage

Un crabe creuse dans le sable

Et disparaît

Mon sommeil est profond cette nuit

Je me réveille au milieu

D'une rizière à Wujie

Avec des amis
Nous mangeons des plats paysans
Le riz des Champs de riz Parfumés
Est si bon

De retour à Yilan
Près de la côte
Le brouillard s'est dissipé
On peut enfin voir
Guishan qui doucement
apaise le cœur du poète

En flânant à Tamsui
—à mon amie la poétesse taïwanaise CHEN Hsiu-chen

Tu es venue

nous accueillir

à la sortie du métro

Sur la place

des gens suivent la musique

et dansent

Au parc

Nous déclamons

Des vœux de Noël

Aux amis qui sont loin

Du Rivage Doré

On peut voir

En flânant à Tamsui—à mon amie la poétesse taïwanaise CHEN Hsiu-chen

Le Mont Guanyin
Dans la brume

Une grande aigrette
se repose sur un sampan
et profite de la bruine
qui tombe aujourd'hui

Nous voici à l'Université Communautaire
Des arbres de tous types
et des fleurs colorées
poussent joyeusement

La salle de classe où tu fais cours
a des fenêtres en bois à l'ancienne
C'est mignon comme une maison de poupée

Même en hiver

la poésie de Tamsui

bourgeonne partout

La douceur de Tainan

En pleine nuit
La chaleureuse patronne de la maison d'hôte
de la rue KangLe
Nous prépare des goyaves

Dehors au café Tang Ying
On se détend
Dans la douceur de l'hiver
à Tainan

Le matin au réveil
On entend passer des avions de chasse
Un son pour moi familier
Quand j'étais enfant
Papa servait dans l'Aéronavale

L'ami poète Kim-sūn

Nous invite à manger les délices végétariens

de La Prune

en compagnie du Professeur Fang

Le restaurateur se joint à notre joyeux groupe

Kim-sūn est aussi athlète

Il participe à des courses caritatives

Après le repas il nous amène visiter

Son « Coin de bonheur »

La rue NanMen vers le temple de Confucius

Offre une profusion d'arbres et de fleurs

L'église catholique de la rue You Ai

a une architecture très orientale

Soudain devant nous

un oisillon

tombe à terre

Ben tranquillement le recueille

pour le mettre en lieu sûr

Chez Lin Black Tea

Le thé aux perles

est un régal

La nuit on profite

De l'édifice historique

de Fort Provintia

Sous la lune

Les carpes koï rouge et blanc

jouent

dans le bassin

Les réseaux poétiques

Sur les réseaux sociaux
notre amitié s'est construite

Tous les jours je suis
les pages des amis poètes
Impatiente de lire
leurs tout nouveaux écrits

L'oiseau libre tant aimé
Nous a tous invités
au restaurant Tianyuan
Noël 2022 c'est sûr
restera mémorable

Entre ta maison et la mienne
J'ai dessiné un passage

Le chemin que nous prendrons
pour nous retrouver n'a pas le gris
terne des trottoirs d'ici
Il ressemble plutôt
au joyeux arc-en-ciel de Taïwan

Entre le Rivage Doré de Tamsui
et la mer Méditerranée
Tu as tracé des réseaux poétiques
Pour qu'à tout moment on partage
les rêves qui habitent nos cœurs

SAKERO[1]
–à la troupe de danse aborigène de Taïwan Chuang Kuo-shin

Les prières tribales

s'envolent vers les oreilles bienveillantes

de la Vierge

Aujourd'hui, c'est un retour

à l'essence des rituels

Le peuple remercie les âmes des ancêtres

des grâces reçues durant l'année

Les ancêtres

aussi bénissent leur peuple

---

[1] Sakero (langue Amis) : en langue aborigène Amis, le mot « danse » n'existe pas et « sakero » qui désigne les mouvements du corps effectués lors des cérémonies de la fête des moissons, en est le plus proche.

SAKERO—à la troupe de danse aborigène de Taïwan Chuang Kuo-shin

En voyant les vêtements noirs

des danseurs

Je pense aux tenues bariolées

de la tribu Amis

Les ombres des silhouettes

sur le mur du théâtre

flottent comme des vagues

J'entends les chants de la tribu

qui fête la moisson

Chaque plante de pied qui heurte le sol

commémore une année

de dur labeur

Les mains secouent un tamis

en mouvements répétitifs

La canne en bambou relie

tous les cœurs

Les visages magnifiques

sont couverts de sueur

Un éclairage bleue

leur donne un reflet singulier

Glou glou

C'est comme si soudain

L'eau envahissait la pièce

Peut-être qu'un radeau en bambou

quitte le port

Ou que des pêcheurs

manient leurs filets à crevettes

Un phare dans la nuit noire

Ceux que j'aime le plus

ont presque tous disparu

Et dans les tempêtes

il a fallu sans cesse

changer de logis

Dans la forêt

urbaine

Je dois laisser quelques

repères

Pour ne jamais perdre

le cap

Les nuits de solitude

par la fenêtre du huitième étage

Je regarde le paysage endeuillé

Ils disent

qu'on doit économiser l'énergie

Ce soir par chance

Un hôtel

a osé allumer les lumières

de son toit carré

C'est comme si j'apercevais

un phare

au milieu des nuages noirs

La goutte en améthyste

Quand je suis née

Du Brésil, papa

a ramené pour toi

cette pierre violette

Souviens-toi de ce jour

à l'église

Pendant la messe

de ma Première Communion

Ce pendentif cristallin

tu le portais

En famille

Pour les fêtes

ou pour célébrer

un anniversaire

ce beau

bijou
tu le portais encore

Tu as disparu
La famille aussi
Reste une goutte
en améthyste
Suivant le rythme de la vie
elle avance avec moi
Sur les chemins du Sud

Les couleurs du Sud

En Provence

Le tournesol tient compagnie à la lavande

Crii! Crii!

La cigale

Fait une cour sans fin

Le quatorze juillet

Arrive

Demain

On coupera la lavande

Mauve, jaune, vert

Les estivants viennent admirer

La palette

Des champs de Valensole

Presser le jus des pétales

Sur du papier blanc

M'offre à chaque fois

De nouvelles surprises

Certaines fleurs vêtues d'une jupe

Bleu foncé

Sur le papier virent au

Bleu ciel

Et des pétales orange

Des fleurs du grenadier

Sort un sang fuchsia

Éclatant

Presque irréel

Monologue de la mariée

L'église aujourd'hui

est baignée de soleil

J'ai vu

le doux sourire de Jésus

En ce vaste monde il ne reste que lui

Unique modèle

En vérité

Parmi les êtres humains

Il y a aussi un garçon

De grande taille

Ses mains sont fines et longues

Avant il portait des lunettes carrées

Un peu comme dans un dessin animé

Il souhaite me rendre heureuse

Pour toute une vie

Après notre mariage il veut

qu'on s'envole vers Formose

Commencer ainsi

N'est-ce pas merveilleux ?

Écrit quand j'étais jeune fille…

Un éclat de voie[1]

Mon rêve mon idéal, c'est toi

Apprendre à attendre, ça je ne sais pas

Je m'en vais te retrouver

Laisse en chemin un signe ou un éclat de voie

Sur la route je chante en pensant à toi

C'est l'amour qui guide mes mots et ma voix

Mais est-ce que tu me verras

Oh est-ce que tu m'aimeras

Toi qui es loin, viens prendre ma main

Songe blanc Départ vers l'Orient

Front brûlant La fièvre et le vent

Au clair de lune avancent mes pas

Songe blanc Départ vers l'Orient

---

[1] adaptation libre du texte original (chinois mandarin).

Front brûlant La fièvre et le vent
J'ai peur que toi tu ne penses pas à moi

Songe sage J'aperçois ton visage
Douce image Et tout devient sauvage
Au clair de lune avancent mes pas
Songe sage J'aperçois ton visage
Douce image Et tout devient sauvage
Deux cœurs gambadent sur les sentiers de l'amour

Deux cœurs gambadent sur les sentiers de l'amour

J'ai trouvé un éclat de voie

C'est peut-être trop tôt

Comment être digne de ton amour

Je me sens vraiment désemparée

Dans mon cœur il n'y a que toi

Nous sommes toujours plus proches

Mais je ne peux pas tout te donner

Comment être digne de ton amour

Je t'aime jusqu'à la folie

Mais je ne suis pas pressée d'exprimer mes sentiments

Tu es tellement bon avec moi

Tu me donnes tant

C'est peut-être trop tôt

Comment être digne de ton amour

Pourquoi dis-tu que je suis si cruelle

Jour et nuit tu me manques

Dans mes rêves je suis déjà tienne

Mais je ne peux pas m'engager

Comment être digne de ton amour

Cœur pur[1]

Les rêves brisés

M'ont blessée

Les gens sans cœur

Ne tombent pas amoureux

Pas de pleurs pour eux

Juste partir loin

Loin

La route parcourue

N'arrive nulle part

Un voyage sans fin

Une solitude inévitable

M'enveloppe tout entière

Me fait partir loin

Loin

---

[1] Texte original en mandarin et en taïwanais.

Cœur pur cherche amour véritable

Dites-moi

Où il est l'amour véritable

Est-ce que je le rencontrerai

Aux confins de la mer et du ciel

Cœur pur cherche amour véritable

Dites-moi

Où il est l'amour véritable

Est-ce qu'au moins il existe

Ce cœur troublé

Ne peut pas trouver la paix

La langue du Sud

Une perle de larme   Sur mon visage   Coule vers mes lèvres

Goût salé   Eau de mer

Souvenir du pays   Pépé est à la pêche

La mélodie qu'il chante   Touche mon cœur

La langue du Sud   Je la comprends aussi

Une perle de pluie   Sur ton visage   Coule vers tes lèvres

Goût fade   Eau des rivières

Ton pays   Est si loin

La mélodie de ta terre   Pénètre mes rêves

La langue du Sud   Qui la comprend ?

La couleur de l'amour

L'avenir a la couleur de l'amour

Il me ressemble Et il te ressemble

Dans ce ciel d'un bleu pur

Vole un pigeon voyageur brave et vigoureux

Avec qui va-t-il partager ce rêve d'enfant

Candide pigeon blanc, carton d'invitation parfumé

Un rossignol chante notre chanson

Et le vent vient unir nos cheveux longs

L'avenir a la couleur de l'amour

Il me ressemble Et il te ressemble

Dans ce ciel d'un bleu pur

Les nuages de guerre sont déjà loin

Etats d'âme

Quand les anges sont de mauvaise humeur

Je bois les larmes des nuages blancs

La pluie a un goût transparent

Avant je n'y avais peut-être jamais songé

J'ai enfin compris qui je suis

Reprends tes perles et tes pierres précieuses

Chaque bout d'herbe verte au bord de la route

A plus d'importance que ces choses-là   Tu le sais aussi

Sortir du monde réel

Chercher mes sentiments originels

Ne rien posséder d'autre que l'amour

Sortir du monde réel

Tout oublier entre tes bras

Mes états d'âme   Est-ce que tu les comprends

Pluie

Hier la pluie est tombée très fort

Qu'a-t-elle dit à ton oreille

Toi qui es blessé où t'es-tu envolé

Dans ton cœur tout n'est que pluie

Tes yeux transparents

Regardent un monde désolé

Ce soleil glacial sur toi

Gèle les larmes de ton cœur

Laisse-moi chasser la poussière de ta route

Que la brise accompagne ton souffle

Je ne veux pas te voir dériver dans une nuit sans nom

Toi qui es blessé je ne t'abandonnerai pas

Rendez-vous à Shek O

Si je suis trop près de toi

Peut-être que je ne te reconnaîtrai pas

Si tu es trop loin

Devrai-je choisir quelqu'un d'à peu près

Un amour à peu près Je n'en veux pas

Ce soir, retrouve-moi à Shek O

Assise sur la plage

à regarder la lune, je t'attendrai

En rêve tu as goûté à moi

Je me souviens de ton sourire

Au réveil, mon âme en est toujours émue

Comme après avoir mangé un gâteau d'anniversaire, ma bouche est
    encore sucrée

Un amour qui laisse sur sa faim Je n'en veux pas

Dans mon rêve je suis déjà à Shek O

Assis sur la plage, nous embrassons la lune

Prends une bouffée d'amour

Ce cœur est verrouillé pour toujours

La clé a été jetée dans un endroit perdu

Ce que je t'ai dit

je ne veux pas en changer une phrase

Trop d'amour rend ivre

On le piétine et on part en silence

Si tu veux revenir

Prends une bouffée d'amour

C'est ici que le vent souffle le plus fort

Tous les mots d'amour du monde, il les connaît

Si tu veux revenir

Prends une bouffée d'amour

Ici les chemins sont clairs

Au bord de la route il y a des fleurs Sur la route il y a moi   Et seule je
    chante

Pas encore un adieu

Depuis longtemps déjà je m'y attendais

Un jour j'allais verser des larmes

Mais je ne t'ai pas encore vraiment dit adieu

Un puissant sentiment d'amour ne s'oublie pas comme ça

Qui se tient à tes côtés

Quand cet hiver impitoyable glace ta beauté

Quel cœur pur reste le même

Quand soudain tu regardes en arrière pour chercher un peu de
   réconfort

Qui peut allumer le soleil

Quand la solitude vient envelopper ta nuit la plus sombre

Pourvu que parfois au loin

Tu verses aussi des larmes en pensant à nous

Me tresseras-tu encore les cheveux ?
—À ma grand-mère bien-aimée
Françoise Fiore Spennato

Tu t'en souviens

Combien de fois tu as tressé les cheveux de cette petite canaille

Tu m'amenais à l'esplanade dans une poussette

Blottie dans tes bras je me sentais bien au chaud

Combien de fois à notre retour de la plage

Comme des loups on finissait les bons plats que tu avais préparés

Tu t'en souviens dis

Quand tu es entrée dans mon rêve

Je savais que tu voulais me dire adieu

La vraie toi me manque déjà depuis un long moment

Dans mon cœur j'ai compris que tu ne pouvais plus rester avec moi

Parce que les sérénades de ta jeunesse t'appellent depuis trop
    longtemps

Me tresseras-tu encore les cheveux ?
—À ma grand-mère bien-aimée Françoise Fiore Spennato

Qu'un vent favorable t'emporte vers ce port lointain
Le pêcheur que tu aimes attend ton étreinte éternelle

Je me souviendrai de vos chansons
Et jamais n'oublierai la langue du Sud
Mais dans mon cœur il y a un point d'interrogation
Dans la prochaine vie   Me tresseras-tu encore les cheveux

Sourire

Si là-haut les étoiles sont foule

M'aimeras-tu comme le soleil m'aime

Coulent des larmes de joie

Si tu es ma tendre fleur

Ne me quitte pas, cruelle

Coulent des larmes de douleur

La peine a laissé notre histoire merveilleuse

Vagabonder doucement sur l'eau claire

Et le vent a emporté ton parfum

Pourvu qu'un jour tu reviennes à mes côtés

Goûter la beauté du ciel étoilé

Et enflammer pour toujours, toujours notre sourire

M'aimeras-tu comme le soleil m'aime

Ne me quitte pas, cruelle

Viens enflammer notre sourire !

Le bonheur d'être triste

Rends-moi triste jusqu'au faîte du bonheur

Ne viens pas embrasser mon cœur

La tristesse est aujourd'hui mon soleil

Elle a fait à mon cœur une blessure lancinante

Qui a dit qu'il n'y avait pas de joie à être triste

Quand on a vraiment du chagrin, on oublie tout

La peine me donne des sentiments neufs

De vrais pleurs et de vrais rires

Et si tu doutes de moi Peut-être que je ne t'en voudrai pas

Et si tu m'aimes   Peut-être que je n'aurai rien contre

Si tu veux vraiment venir dans mon monde

Je te ferai ressentir le bonheur d'être triste

On ne peut pas vivre que pour manger

La promesse que tu m'as faite Tu ne t'en soucies vraiment pas

Quand on n'a pas assez d'amour dans le cœur Ce n'est pas la peine

     d'être aussi fourbe

Les feuilles mortes tombent des arbres Toi aussi tu veux être libre

     Sans attache ni fardeau

Il ne reste pas grand-chose à dire Que ta vie soit heureuse

Je ne te raccompagne pas, tu connais la sortie

Les blessures de mon cœur, je les bois comme de l'eau

On ne peut pas vivre que pour manger

Au loin s'élance un cerf-volant

Je ne veux plus me saouler pour toi

L'amour est comme un papillon qui tournoie gaiement

On ne peut pas vivre que pour manger

Au loin s'élance un cerf-volant

Un soleil sur le visage

On dirait que je n'admets pas

l'hypocrisie de ce monde

Quand ce cœur ardent se sent épuisé

le ciel devient très sombre

Peut-être que toi seul comprends

mon angoisse devant cette vie futile

Quand tu m'offres ce sourire si frais

mon cœur s'envole

Sur mon visage qui a peint un soleil

et du monde me fait voir les merveilles ?

Le vent vient disperser toutes les tristesses

Doucement il caresse mes lèvres

L'amour sur mon cœur a accroché un espoir

Est-ce que tu veux vraiment

écouter avec moi le souffle des fleurs

Enlacés, tendrement

Rêve éveillé

Un court instant mes yeux ont aperçu ton beau visage

Le cœur qui pense à toi ne peut attendre d'être à demain

Tout au long de cette nuit blanche, j'espère la compagnie d'un vent
    frais

Qui me donnera de nouvelles illusions

Peut-être que tu t'approcheras aussi de mon cœur

Pour ressentir ce que je ressens

Pourvu que peu à peu tu devines mes sentiments amoureux

Entre dans ce rêve éveillé

Tes lèvres douces soufflent des promesses à mon oreille

Le cœur qui pense à moi ne changera jamais

De contrées lointaines un vent mutin amène ton parfum

Et me fait humer ta beauté

Mon cœur ne se maquille jamais

Quand je vois ton sourire si vrai

Des étincelles brillent dans mes yeux

Quand tu parles trop fort

Des larmes coulent de mon cœur

Parfois je suis trop décontractée

Parfois mes pensées sont trop compliquées

Mais les faux-semblants je les laisse aux hypocrites

Chaque jour j'apprends à me comporter en femme

Mon cœur ne se maquille jamais

Les fleurs y sont si rouges si parfumées

Et si par mégarde je dis un mensonge

Tu m'as déjà tout pardonné

Mon amour ne fait jamais semblant

Tout ce qu'il y a dans mon cœur je te le raconte

Et si par mégarde je dis un mensonge

Tu m'as déjà tout pardonné

T'aimer de nouveau

Celui que j'étais avant demandait trop de toi

Je ne savais pas te comprendre

Après notre rupture, j'ai voyagé au bout du monde

À la recherche d'un peu de réconfort

T'aimer de nouveau   Et rattraper le passé

T'aimer de nouveau   Pour la vie c'est promis

Que les larmes versées jadis

Apportent de nouveaux sentiments

Retourner à la nature originelle

Se souvenir de notre amour   De sa saveur au début

Jeter tout ce où tu n'es pas

Savourer mille et une nuits

Les fleurs sauvages du bord du chemin

En ville le soleil n'a pas assez d'éclat

Qui peut encore se vanter d'avoir un sourire naturel

Je ne me suis pas trouvé d'idéal   Que faire

Le temps passe trop vite

Mon monde manque déjà d'oxygène

Demain je pars à l'aventure

Terres lointaines

Jolies chimères

Un doux soleil éclaire mon cœur

Marcher vers des royaumes sans nom

Traverser des oasis des déserts

Sentir combien le ciel au Pôle est immense

M'apercevoir que je ne possède rien

Mais que je n'ai aucun souci

Les fleurs sauvages du bord du chemin viennent m'accueillir

Jeans

Toujours en route vers un rêve lointain

Décontractée je me promène seule

En suivant le parfum de la nature

J'accompagne la brise qui ride les océans

À la recherche d'un bout de ciel qui ne déteint pas

D'une oasis   D'un rayon de soleil

Les rues bondées, la folie urbaine

Tous les ennuis je les abandonne en chemin

Je savoure la rosée qui vient baigner mon visage

Et comprends enfin que le monde est beau

Le soleil lève la tête pour éclairer la route

Il nous suit mon jeans et moi

Amis pour toujours

Le parfum des pivoines que tu m'as données
Ne se dissipera jamais
Ton sourire vient encore illuminer chaque journée
Meilleurs amis pour toujours

Quand j'ai eu des difficultés
Tu t'es tenu à mes côtés
Même si nos chemins parfois se séparent
Chaque au revoir
Est une vraie promesse

Dis-moi ce qu'est l'amitié
Est-ce que ça ressemble à l'amour
Parfois je n'arrive pas à faire la différence
Quel est ce genre de sentiment

Pourquoi est-ce si profond

Son nom est *yuanfen*[1]

Mon ami chez moi

je garderai pour toi

Un morceau de gâteau, un verre de vin

L'amitié aussi est éternelle

peu importe où nous nous trouvons

nous appartenons à cette terre

---

[1] yuanfen : affinité prédestinée.

Un film de la Nouvelle Vague

T'aimer, c'est comme regarder un film de la Nouvelle Vague

Plus je regarde moins je comprends ton humeur

Ciel bleu d'un côté, pluie tonnerre et éclairs de l'autre

Mes airs adorables tu ne les remarques jamais

Enfin un nouveau chemin est apparu

Si tu ne viens pas avec moi je n'irai pas pleurer

Il me faut un film romantique pour me retrouver

Le soleil se lève   Je quitte tous tes faux-semblants

La brise marine souffle   L'eau a le bleu du ciel   Les mouettes volent

Je n'ai pas besoin de ton réconfort   Ni de tes larmes

Ça m'importe peu   Je veux prendre mon envol   Prendre mon envol

L'oasis dans mon cœur

En voyant ton beau visage, j'ai enfin trouvé

L'oasis dans mon cœur

Toi et moi on a notre monde amoureux

Plus vaste que le pays des rêves

En respirant les mystères de l'amour, les cœurs purs s'enivrent

Montent aux arbres   Se chauffent aux rayons de la lune

Pourvu que tu sois toujours d'accord pour t'échapper avec moi

Qu'on s'envole vers un nouvel univers

Mon amour n'a pas de limites

La mélodie du vent souffle jusqu'au bout du monde

Elle chante doucement les balades les plus romantiques

Et décoiffe tes cheveux parfumés

Je ne suis pas en train de t'écrire

Ce n'est pas une lettre, cette histoire

Juste un sentiment à l'encre noire

Le papier, je le noircis

Pour effacer ma mélancolie

L'aube arrive et toujours j'écris

Sur le papier coule mon sang

Mon cœur est devenu transparent

De toi il se languit

Ce n'est peut-être pas difficile à dire

Mais comme ça non, je ne peux pas

Si seulement un jour tu savais que moi,

Je ne suis pas en train de t'écrire

Un soleil sur le visage

Sélection de poèmes originaux en mandarin

語言文學類　PG3043　秀詩人122

臉上的太陽
──漢法雙語詩集

作　　　者/伊麗莎白（Elizabeth Guyon Spennato）
責任編輯/陳彥儒、邱意珺
圖文排版/許絜瑀
封面設計/張家碩

發 行 人/宋政坤
法律顧問/毛國樑　律師
出版發行/秀威資訊科技股份有限公司
　　　　　114台北市內湖區瑞光路76巷65號1樓
　　　　　電話：+886-2-2796-3638　傳真：+886-2-2796-1377
　　　　　http://www.showwe.com.tw
劃撥帳號/19563868　戶名：秀威資訊科技股份有限公司
　　　　　讀者服務信箱：service@showwe.com.tw
展售門市/國家書店（松江門市）
　　　　　104台北市中山區松江路209號1樓
　　　　　電話：+886-2-2518-0207　傳真：+886-2-2518-0778
網路訂購/秀威網路書店：https://store.showwe.tw
　　　　　國家網路書店：https://www.govbooks.com.tw

2024年3月　BOD一版
定價：260元
版權所有　翻印必究
本書如有缺頁、破損或裝訂錯誤，請寄回更換

讀者回函卡

國家圖書館出版品預行編目

臉上的太陽：漢法雙語詩集 = Un soleil sur le visage/伊麗莎
　白(Elizabeth Guyon Spennato)著譯. -- 一版. -- 臺北市：秀
　威資訊科技股份有限公司, 2024.03
　面；　公分. -- (語言文學類 ; PG3043) (秀詩人 ; 122)
中法對照
BOD版
ISBN 978-626-7346-73-0 (平裝)

876.51   113002285